青麗コレクション1

新装版

玩具

花実

高田正子句集

朔出版

目次

青麗コレクション1

新装版　玩具・花実

第一句集『玩具』抄

一三〇句

平成六年（一九九四）刊

I

日だまりに鴨のあふれてたちにけり

波頭みな北向いて行く五月かな

門前に羽子板の金銀と湧き

大寒の天の一角昏れあます

歩き行く裸の肩の濡れしまま

遠花火氷の花のごとく果つ

萩咲いてはつとこぼるる鬼の顔

藁塚にきりきりまはる天と地と

きらきらと天の崩るる紅葉かな

日かげりて枯芝をゆく足の裏

極月の狸がならぶ夢の中

大鍋にゆたかにまはす酒の粕

女には金のたてがみ寒椿

寒牡丹白象に乗りゆくごとし

光散る雛の顔や夜の奥

鳥雲に入るみづうみはまつ平ら

君なにを見てゐる沙羅の花盛り

帰り来しひとの匂ひや春の雪

天井の紐揺れてゐる朧かな

四葩咲くゆつくり雨の降り始め
おほいなる日焼たつぷり酒もあり
鮎にぎりては串にさすおほきな手

夏景色ぱつとなくなる行き止まり
香水の真つ黒きはこあけはなつ
風鈴のしづかに廻る紐であり

かき氷鈴の音してくづれけり

朝焼や窓拭いて出る退職日

たほたほと孔雀歩めり白木槿

眼つむりしごとき芙蓉の萼かな

落鮎の炎の中の形かな

秋鯖の銀鱗うつす粗氷

蜩や母目醒めれば胎の子も
みのむしのごとく眠りぬ子の亡くて
菊抱いてひとの息濃き夜明けかな

長き夜や父と母とにかこまれて

時雨忌や魚のごとくすれちがひ

II

ざうりやの初荷朱のはこ金のはこ

白砂のやうな日を浴び大根引

青頸や扇の落つるごと水に

寒茜最も遠き山晴るる

夜降りてきていちめんの葉ぼたんに
凍月の揺れ始めたる夜更かな
大寒の午後の大学かげばかり

外套をまとふ花束抱くやうに

雪晴や金箔のごと口に紅

火のいろにざらりと雪のこぼれけり

落日の少しゆがめる雪の上

温室の花咲く音と足音と

笹鳴や腰低うして祓はるる

日の当たる豆腐の角に供養針

針さして豆腐の冷ゆる供養かな

春の雪一片とんで唇に

もう春の雪とおもへど立ちつくす
いくたびも雛をつつむ灯かな
椿一つづつ転がつて吹き溜まり

春雷や冷えゆくままに古墳群

透きとほる大きな月が苗床に

初花の冷たき指に触れにけり

III

鮎釣りに欄干あつき辺を降りて

廃線を伝ひて来れば菖蒲田に
睡蓮の池より流れ来し一花
柱はなれて炎天のひとゝなり

亀の子の這つてゆつくり濡れゆける
流されぬやうに群れたる山女かな
滝になる水にこまかき泡生まれ

山水のせきとめられて合歓の花
明け方の光に似たる合歓の花
指さしぬ山紫陽花の小さきを

山の蚊のすさまじき音たてて来ぬ
蛍火といふ羽衣のごときもの
あつき手をもて蛍火を掬ふかな

金魚田はただくもり日を残すのみ

くるぶしに金魚田の泥乾きをり

天神祭　四句

陸渡御の西日に浮かぶ梅花紋

ひとの渦おほきな神輿のせゆける

祭船三日月くらき辺りかな

月消えて地車《だんじり》囃子たけなはに

ひと迎ふ簾の奥に灯を置きて
たづねたる定家葛の盛りかな
大寺の露の柱に凭れつつ

大文字たしかに消えし闇のいろ
灯籠をもて灯籠を流しやり
遠ざかりゆく流灯に一礼を

秋の日のあふれて水の都かな

新しき花湧いてくるをみなへし

朝夕は日の届きをり秋海棠

おほかたは伏したる萩の雫かな

水光る刈られし萩の向うより

水引のうす暗がりになほかげを

唐招提寺　三句

月光の扉は内へ開かれし

月光の廊下を進みゆく跣足

灯籠に籠めたる萩の一枝かな

透けるともなく冬瓜の煮上がりぬ

コスモスの色無き蕾ばかりなる

鶏頭を支ふる茎のあをかりき

らふそくのかげにおほきな榠樝かな

ぬくもりて十一月の甍かな

登りつぎいつか冬日の裏側に

凩を帰り来て吐く息ひとつ
ひつそりと海鼠の水に泡ふたつ
いちめんの紅葉つめたき苔のうへ

鴨をらぬところの水の平らなり

扉の前を吹き過ぐるとき雪光る

櫂ひとつ流れ着きたりかいつぶり

象のゐる檻へひらりと寒雀

節分のあしたにつづく雪景色

存分に焚かれ追儺の火となりぬ

棒鱈の水に小路の埃かな

見渡して墓標のごとき牡丹の芽

冴返る田に青空の映ることも

梅くぐり来しひとすこし肩濡れて
梅を見に女の下駄をつつかけて
梅林の遠くの枝の鳴りにけり

買物の女がこぼす桃の花

荷の桃の一枝に頬を打たれけり

覆はれて花の散り入ることもなく

南円堂

花どきをどこへも行かぬ夫婦かな

ひとはみな忙しさうに花も過ぎ

身ふたつになりて涼しき夜明けかな

長女

涼しさや赤子にすでに土踏まず

法師蟬鳴きやむまでに寝入りけり

閉ざされて障子の外の玩具かな

花の散るはじめのひとひらかもしれぬ

のりだして子も花びらを受けにけり

子のくるる何の花びら春の昼

子を抱いて出るひやうひやうと祭笛

夕立に忘れられたる玩具かな

香水や子を抱かぬ日は背をたてて

新藁に子どもの坐りゐしくぼみ

毛虫焼く炎の色のかはりけり

第二句集『花実』抄

二七〇句

平成十七年（二〇〇五）刊

I

くみおきて水に木の香や心太

蟬の殻うすうすと風抜けにけり

一幹の竹を高しとかたつむり
なめくぢのいとちひさきが透いてをり
亀の子のかたちに石の濡れてゐて

山の蚊の和尚の頭にもとまる

糸のやうなる涼風の来たりけり

涼しさや上り廊下を拭きあげて

瀧の影瀧におくれて落ちにけり
大瀧のふきしぼらるるとふことも
只中にゐて瀧の音しづかとも

夢に聴くいづこの山の瀧の音

くわんおんの涼しき膝をたてたまふ

風鈴のこの世の音に目覚めけり

鉾の床きゆと鳴り沈むところあり
鮎食らはんか塩にして味噌にして
酒酌みてこれは日焼とおほせらる

日焼せし背《せな》に蝶々結かな

葭雀分けゆく舟に乗りあへる

舟あがるときつかみたる赤のまま

遠くまで遊びに来しよ葭の花
くくられて星のかたちやたうがらし
一灯の月の畳を運ばれぬ

月祀る万の炎をたたしめて

月光の届く限りの濡れわたり

母病めり母病めり月満ちゆくも

団栗を分けあうてゐる背中なる

待宵や子もひとつづつ影ひいて

初雪や背伸びして子は窓の丈

懐に入りくる子や初明り

妹へ息をかぎりの花吹雪

まんまるな笑顔の汗を拭きやりぬ

ややこしき径ばかり選り夏帽子

夏帽の眼おほきく訴ふる

子どもよりあひるの速き茂かな

うたひつつ子はおくれゆく夏野かな

II

あをぞらのゆつくりうごく小春かな

芽キャベツの摘まれしところ水の玉

てのひらに受けて茶の花ころがりぬ

太腰の女となりぬ枇杷の花

みづうみのむかうの寺の除夜の鐘

凍蝶のはねひからむとしてゐたり
こほりたる雫の先の濡れてをり
一滴のはなれて落つる雪雫

むしばめるものそぎ落とす霜のうへ
搔き寄せて霜のにほひの紅葉かな
左義長の火種といふがしづしづと

左義長の火柱に雨匂ふなり

春の風邪いくにち薄き影ひきぬ

それなりに古びし釜の菜飯かな

ひと通るたびたんぽぽの光りけり
たんぽぽの帰りは花を閉ぢてゐて
畦道を好き放題に雉蓆

ひとまはりして流れ出す梅の花

菜を洗ふ水に流れて梅の花

やはらかな風きてくづす桃の花

椿掃くための箒や濡れてある
することのなくて夕餉や落椿
つらなつて落つる雫やチューリップ

ざわざわのひろがつてゆく蝌蚪の水

花のうへ花湧き出でてひかりけり

花の間に雲の割れたるひかりあり

大釜に飯炊きあがる桜かな

一礼し花冷の扉を閉ざしけり

産みし日の空の色なり五月来ぬ

とびこんで来し子五月の日の匂ひ

向うより子どものまねく茅の輪かな

ひゆうひゆうと小さき運動会に雨

駆けてくる子どもをつつむ秋の雨

満月や子どもの声は水わたり

しのびつつ子の来る音の落葉かな

靴よりも大きな落葉踏みてをり

セーターの中の迷子やちひさな手

ジャンパーを脱ぎ捨ててすぐ仲良しに

跳ねてゆくランドセルにも花の影

母の日の折紙細工ゆがめるよ

III

春眠の覚めて新居にをりにけり

春あけぼの引越の荷に囲まれて

この庭のここがいちばんあたたかく
ふえてゆく土のほころびいぬふぐり
春浅しひとりは花を生けかへて

オルゴール余寒の窓に置けば鳴る

どの窓も閉ざされてゐる朧かな

まんさくの花いつ見ても乾きゐる

紅梅と知れたる今朝の蕾かな

女坂とは梅を見るための坂

梅仰ぐみんな眩しきかほをして

足跡の乾いてをりぬ梅の花

紅梅のつめたき枝をさしかはし

苗札の上あたらしき竹を組み

土塊をちんとひねりし雛のかほ

泣きさうなかほとも覚ゆ古雛

雨の日の畳廊下や雛祭

存分に炭熾りけり雛の間

春泥やひろびろと雲わたりゆく

森の奥蝶の生まれてゐはせぬか

ふくふくとしてうぐひすのまだ子ども

水浴びを始めてゐたり雀の子

まんまるな蜂に生まれて花に影

巣作りをするでもなくてずつとゐる

春昼の亀急がむとしてゐたり

やはらかな咀嚼のつづく春の鴨

春の雨枢の角を濡らしけり

遠ざかる人なほ見ゆる花大根

はなにらの向きのそろはぬ明るさよ

誰が編みししろつめくさの花冠

うしろより馬ついてくる遅日かな

パンジーのみなパンジーにうづもれて

しののめの卵のいろの花辛夷

どの花もいま日の当たる辛夷かな

名古屋城　三句

草萌ゆる地に触れたくて鯱は

礎に空映りをり百千鳥

城壁をこぼれてきたる雀の子

雨雲や草の沖より燕きて

石垣のうへ何もなし花の雨

三階は地上に近し夕桜

すこし痩せをりしのののめの桜とは

人の世に仮に息して朝桜

濡れてゐる草のにほひや花の塵

窓あけて花のくらさを入れにけり

花の風護摩の焔を吹きあふぐ
散る桜おほきな渦をなしゆける
花楓遠くを風のわたる音

花の芯しめつてゐたる八重桜

雫かかげて生ひ出づる杉菜かな

蝶々のまだ風に乗りきれずあり

空低き日を耕しの音の中

やはらかき泥にくすぐりあうて蝌蚪

あたらしき畝光りけり春の月

日の帯のなかほどに虹とどまれる
天上へ藤のかをりをかへしけり

IV

はつなつのおほきな雲の翼かな

「新百合ＡＯＩ倶楽部」キックオフ

禅寺丸柿とは大き青葉なる

牡丹の軽く綴ぢたるやうな花
紙のやうなる散りぎはの牡丹かな
牡丹のくづれむとしてかたぶきぬ

大濤のくづれし嵩の牡丹かな

くらがりに牡丹の鉢奉る

芍薬のなかばねむりてゐるかたち

雨粒の消えゆくにほひ薔薇の花

葉桜のまぶしき雨を仰ぎけり

菩提樹の花の雫をふりかぶり

ねぢばなのたどたどしくもねぢれ初め

ねぢばなのこれはよぢれてねぢれゐる

昼顔のあたりいつもの研ぎもの屋

孑孒のかがやく尻を水のうへ

孑孒の戻りてゆける水の闇

今年竹明るき雨の降りにけり

あめんぼの躓くといふことありぬ

亀の子のすつかり浮いてから泳ぐ

亀の子の見えなくなれる水輪かな

田を植ゑて風透きとほりきたりけり

夏草の丘をむすんで鉄の橋

はつものの鰹を買ひにゆくつもり

うつくしき翅の浮かめる蟻の列
しづかなるおどろきはしる蟻の列
ぶつかりてより山蟻の急ぎだし

金亀子翅しまへずにゐたりけり
鳥の子山の雫をふるひけり
くちばしのあきつぱなしや鳥の子

降るにまかせ茂るにまかせゐたりけり

軽鳧の子の一羽は眠りきれずをり

軽鳧の子もはばたくやうなことをして

がたと鳴る水番小屋の掛時計
あぢさゐの潦より立ちあがる
あぢさゐに触れて鋏のくもりけり

あぢさゐに耳朶のつめたさありにけり

あぢさゐの花の眠らぬ月夜かな

あぢさゐの雨を吸うたり弾いたり

東京の東西南北さみだるる

緑蔭に薄着の肩を入れにけり

緑蔭や訪へば主のやうに犬

青梅雨や拭いて光らす畳の目

座布団の冷されてある夏座敷

夏料理むかうの山に月出でて

たふれふすとき山百合のかをりたつ

草深く置けばつめたし蛍籠

蒲の穂の打ち合ふ薄き光かな

かなたより空かげりくる山法師

磨かれし床踏んで出る祭かな

形代の生きて袂をかへしけり

流れ入る水のつめたき蓮かな

蓮の花くだけてゐたる水のうへ

弁天堂まで蓮の葉蓮の葉

畏まる少女のまへにソーダ水

海に向かひて長崎の坂灼くる

盛装でゆく夏の夜の石畳

太りしと言はるることも船遊び
纜を日焼の腕に巻き取りぬ
あまりにも暑きにすぎて諍へり

あかきものいよいよあかき西日かな

まみどりの海より迷ひ来し海月

ひるがへり水冥くする水母かな

揺れやまぬところに下がる毛虫かな

いちにちの終ひの葭簀たたむなり

夕顔に月の光の襞生まれ

月が出てしづかになりし鰻籠

V

千枚の田を貫いて天の川

街道の石より熱き西瓜売る

向島百花園　三句

新涼のちひさき門をくぐりけり

葛棚のすさまじき蔭なせりけり

南瓜棚などあり巨きもの下がる

へうたんの形をなしてただしづか

木洩日の茗荷の花に移りけり

草分けてゆく風なんばんぎせるまで

跳んでゐる影のおほきな蟋蟀かな

息が触れても蜻蛉の飛びもせず

水引の反りてすなはち花盛り

砂利深きよりあたらしき萩の塵
ひそやかな鋏の音を萩にたて
刈らるる日までを咲きつぎ庭の萩

ほほづきを買はねば縁あさしとも
ほほづきの次の荷濡れて届きけり
きらきらと塵の飛びゆく野分かな

濡れてゐるやうな日差しや薄の穂
日の匂ひして生けらるるすすきかな
雨の日の雨の光をすすきの穂

曼珠沙華おほきな蝶を受けとむる
曼珠沙華つめたき蘂を打ちあへる
秋海棠冷えたる影を砂のうへ

よく晴れて一本道や草の絮

かかげられ先頭をゆく大茸

誰彼の額を打ちし糸瓜かな

垂幕の奥より出して菊の鉢
菊濡らすともなく雨のあがりけり
拭き浄め今朝の小菊を生けにけり

菊抱いてつめたき方へ踏みゆける
新豆腐裏の山より水ひいて
やはらかに箸おしかへす栗の餅

りんだうの一茎は朝日の中に
柿冷えて両手につつむ形なる
薄紅葉してくらがりのあたたかし

日だまりのまんなかに積む今年藁
錦木のつめたき色となりにけり

VI

ひひらぎの生けられてすぐ花こぼす

ひひらぎの花まつすぐにこぼれけり

きつちりと巻かれしホース冬に入る

花びらの裏は冷たし石蕗の花

一本の道山茶花の吹きとざす

茶が咲いてあたたかさうな径ありぬ

ひとめぐりせし箒目にすでに霜

薄き日のにじむ落葉を掻きにけり

音の佳き方へ歩める落葉道

濡れわたるひと夜の銀杏落葉かな

いちまいの冬の紅葉の透きとほり

小春日の影のにぎやか小鳥籠

葛湯ときつつ嘘おほき齢とも

冬深し遺愛の時計みな止まり

雪吊を鳴らしてゐたる雫かな

冬桜けふの雨粒より暗し

冬菜畑さへぎるもののなかりけり

煮くづれもせず大根の飴色に
ここへ来て坐りたまへと椙を継ぎ
だんまりのきはまりて椙かへしけり

一木の炎の形して枯るる
枯れきつてしまへば芦の歌ひだし
向きかへて梢に光る冬の鵙

風の音してこぼれ来ぬ寒雀

日だまりに出て水をのむ笹子かな

水鳥のからつぽの巣のうすあかり

日の当たる二階へ御慶申しけり

花咲いてしまひし籠の薺かな

群がりて寒九の水を汲みこぼす

霜柱踏んで達磨ををさめけり

角を曲ればひろびろとこほりたる

流れたき形に水の凍りけり

まつくらな氷の下を水流れ

ふるさとの夜の暗さの氷かな

小さき鳥乗せて氷のまはりけり

冬の草一本づつの光りけり

新装版あとがき

『玩具』は私の第一句集です。東京での大学時代から就職、結婚、そして大阪へ転居して長女が生まれるまでの歳月を収めています。句集名は常におもちゃの散らかっている当時の環境からの思いつきでしたが、旧版のあとがきに「手放せないもの」というフレーズを見つけ、吾がことながら「吾が子」を見直す心になりました。

『花実』は第二句集です。この句集で俳人協会の新人賞をいただき、仕事として俳句に関わる機会が徐々に増えていきました。『玩具』刊行時にはお腹にいた次女が生まれ、子を二人連れて吟行するようにもなりました。完全な形でなくても、そのときにできる範囲で実現してゆくことを覚えた時期でもあります。一九九九年春、再び関東圏へ戻り、多摩地方の坂の街に住むようになって現在に至ります。

句集名は、刊行時の四十代の半ばという年齢をイメージしました。旧版のあとがきには「次の花の色や次の実の味は、まだ決まっていないのです。いくつになっても」と書いています。

その二冊から合わせて四〇〇句抽き、二句組みを三句組みにしました。必然的に手を入れることになりましたが、例えば『玩具』の各章の一ページ目には章名を兼ねる句のみを入れる形式を留めるなど、旧版の雰囲気も残しました。

朔出版の鈴木忍さんとは旧知の間柄ですが、一緒に仕事をするのはこれが初めてです。優れたナビを賜り、第三句集の『青麗』ともども新装版として送りだすことができる幸いを喜んでいます。

二〇二四年　師走近き小春日和のあした

髙田正子

初句索引

＊配列は現代仮名遣いによる五十音順とした。
＊初句が同音同義の句については、中句を「—」の下に示した。
＊同音同義で表記の異なるものについては、（　）内に別表記の字を示した。

あ行

青頸や 22
あをぞらの 71
青梅雨や 119
あかきもの 125
秋鯖の 17
秋の日の 38
明け方の 32
朝焼や 16
朝夕は 38
足跡の 89
あぢさゐに
—耳朶のつめたさ 117
—触れて鋏の 116
あぢさゐの
—雨を吸うたり 117
—潦より 116
—花の眠らぬ 117
畦道を 76
あたら（新）しき
—畝光りけり 102
—花湧いてくる 38
あつき手を 33
雨雲や 97
雨粒の 108
あまりにも 124
雨の日の
—雨の光を 135
—畳廊下や 90
あめんぼの 111
鮎食らはんか 62
鮎釣りに 29
鮎にぎり 14
歩き行く 9
息が触れ 132
いくたびも 27
石垣の 98
礎に 97
いちにちの 126
一木の 150
いちまいの 146
いちめんの 43
一礼し 80
一幹の 58
一滴の 73
一灯の 64
一本の 144
凍蝶の 73
凍月の 23
糸のやうなる 59
妹へ 67
うしろより 95
薄き日の 145
薄紅葉 140
うたひつつ 69
うつくしき 113
産みし日の 80
海に向かひて 123
梅仰ぐ 88
梅くぐり 47

梅を見に　47
おほいなる　14
おほかたは　39
大釜に　80
大瀧の　60
大寺の　36
大鍋に　11
大濤の　107
覆はれて　48
落鮎の　17
音の佳き　146
オルゴール　87
温室の　25
女坂　88
女には　11

―か行―

街道の　129
外套を　24
櫂ひとつ　44
買物の　48
帰り来し　13
かかげられ　137
かき氷　16
柿冷えて　140
掻き寄せて　74
駆けてくる　82
畏まる　123
風の音　151
形代の　121
がたと鳴る　116
角を曲れば　153
かなたより　121
南瓜棚　130
蒲の穂の　120
紙のやうなる　106
亀の子の
―かたちに石の　58
―すつかり浮いて　111
―這つてゆつくり　31
―見えなくなれる　111
鴨をらぬ　44
鳥の子　114
刈らるる日　133
軽鳧の子の　115
軽鳧の子も　115
枯れきつて　150
寒茜　22
くわんおんの　61
寒牡丹　12
菊抱いて
―つめたき方へ　139
―ひとの息濃き　18
菊濡らす　138
きつちりと　144
君なにを　13
きらきらと
―塵の飛びゆく　134
―天の崩るる　10
金魚田は　34
くくられて　64
草深く　120
草萌ゆる　96
草分けて　131
葛棚の　130
葛湯とき　147
くちばしの　114
靴よりも　83
くみおきて　57
くらがりに　107
くるぶしに　34
鶏頭を　41
月光の
―届く限りの　65
―扉は内へ　40
―廊下を進み　40
毛虫焼く　53
香水の　15
香水や　52
紅梅と　88
紅梅の　89
こほりたる　73
金亀子　114
凩を　43

極月の 11
ここへ来て 149
コスモスの 41
今年竹 110
子どもより 68
子のくるる 51
この庭の 86
小春日の 147
木洩日の 131
子を抱いて 52

さ行

冴返る 46
左義長の
—火種といふが 74
—火柱に雨 75
酒酌みて 62
笹鳴や 25
座布団の 119
ざわざわの 79
三階は 98
時雨忌や 19
しづかなる 113
雫かかげて 101
しののめの 96
しのびつつ 82
霜柱 153
芍薬の 107
砂利深き 133
ジャンパーを 83
秋海棠 136
春昼の 93
春泥や 91
春眠の 85
春雷や 28
城壁を 97
白砂の 22
新豆腐 139
新涼の 130
新藁に 53
睡蓮の 30
透きとほる 28
透けるとも 41
すこし痩せ 98
涼しさや
—赤子にすでに 50
—上り廊下を 59
巣作りを 93
することの 78
盛装で 123
セーターの 83
節分の 45
蟬の殻 57
禅寺丸柿 105
千枚の 129
象のゐる 45
ざうりやの 21
空低き 102
それなりに 75
存分に
—炭熾りけり 91
—焚かれ追儺の 45

た行

大寒の
—午後の大学 23
—天の一角 8
大文字 37
たふれふす 120
誰が編みし 95
滝になる 31
瀧の影 60
たづねたる 36
只中に 60
たほたほと 16
誰彼の 137
垂幕の 138
田を植ゑて 112
たんぽぽの 76
だんまりの 149
小さき鳥 154
茶が咲いて 145
蝶々の 101
散る桜 100

月が出て 127
月消えて 35
月祀る 65
土塊を 90
椿掃く 78
椿一つ 27
つらなつて 78
てのひらに 72
天井の 13
天上へ 103
東京の 118
灯籠に 40
灯籠を 37
遠くまで 64
遠ざかりゆく 37
遠ざかる 94
遠花火 9
閉ざされて 50
どの花も 96
扉の前を 44
どの窓も 87

とびこんで 81
纜を 124
鳥雲に 12
団栗を 66
跳んでゐる 132

な行

苗札の 89
長き夜や 19
流されぬ 31
流れ入る 122
流れたき 153
泣きさうな 90
夏草の 112
夏景色 15
夏帽の 68
夏料理 119
なめくぢの 58
菜を洗ふ 77
煮くづれも 149
錦木の 141

荷の桃の 48
ぬくもりて 42
濡れてゐる
―草のにほひや 99
―やうな日差しや 135
濡れわたる 146
ねぢばなの
―これはよぢれて 109
―たどたどしくも 109
登りつぎ 42
のりだして 51

は行

廃線を 30
梅林の 47
萩咲いて 9
葉桜の 108
柱はなれて 30
蓮の花 122
はつなつの 105
初花の 28

はつものの 112
初雪や 66
波頭みな 8
花楓 100
花咲いて 152
花どきを 49
はなにらの 94
花のうへ 79
花の風 100
花の芯 101
花の散る 51
花の間に 79
花びらの 144
跳ねてゆく 84
母の日の 84
母病めり 65
針さして 26
春あけぼの 85
春浅し 86
春の雨 94
春の風邪 75

ひひらぎの
　―生けられてすぐ　143
　―花まつすぐに　143
日かげりて　10
光散る　12
鯛や　18
ひそやかな　133
日だまりに
　―鴨のあふれて　7
　―出て水をのむ　151
日だまりの　141
ひつそりと　43
ひと通る　76
ひとの渦　35
人の世に　99
ひとはみな　49
ひとまはり　77
ひと迎ふ　36
ひとめぐり　145

日の当たる
　―豆腐の角に　26
　―二階へ御慶　152
火のいろに　24
日の帯の　103
日の匂ひ　135
日焼せし　63
ひゆうひゆうと
　―へうたんの　81
昼顔の
　―ひるがへり　131
風鈴の
　―この世の音に　109
ふえてゆく
　―しづかに廻る　125
　61
拭き浄め　15
ふくふくと　86
ぶつかりて　138
太腰の
　―懐に　92
太りしと　113
　72
　67
　124

舟あがる　63
冬桜　148
冬菜畑　148
冬の草　155
冬深し　147
弁天堂　154
法師蝉　115
牡丹の
　―軽く綴ぢたる　122
棒鱈の
　―くづれむとして　50
　46
子の
　―かがやく尻を　106
　―戻りてゆける　106
　110
　110
ほほづきの
　―ほほづきを　134
　134
鉾の床　62
菩提樹の　108
蛍火と　33

― ま行 ―

まつくらでに　154
待宵や　66
祭船　35
窓あけて　99
まみどりの　125
満月や　82
まんさくの　87
曼珠沙華
　―おほきな蝶を　136
　―つめたき蘂を　136
　―まんまるな　67
笑顔の汗
　―蜂に生まれて　92
磨かれし　121
水浴びを　92
水鳥の　72
水光る　151
みづうみの　39
水引の

身ふたつに　49
見渡して　46
向きかへて　150
向うより　81
群がりて　74
芽キャベツの　152
むしばめる　71
眼つむりし　17
もう春の　27
森の奥　91
門前に　8

—— や行 ——

山の蚊の
　—和尚の頭　59
　—すさまじき音　33
山水の　32
ややこしき　68
やはらかき　102

やはらかな
　—風きてくづす　77
　—咀嚼のつづく　93
やはらかに　139
よく晴れて　126
揺れやまぬ　52
夢に聴く　148
指さしぬ　24
夕立に　32
夕顔に　61
雪晴や　126
雪吊を　137
葭雀　63
四葩咲く　14
夜降りて　23

—— ら行 ——

落日の　25
　—陸渡御の　34
緑蔭に　118
緑蔭や　118
りんだうの　140
　—らふそくの　42

—— わ行 ——

著者略歴

髙田正子（たかだ まさこ）

1959年　岐阜県岐阜市生まれ

1990年　「藍生」（黒田杏子主宰）創刊と同時に入会

1994年　第1句集『玩具』（牧羊社）

2005年　第2句集『花実』（ふらんす堂／第29回俳人協会新人賞）

2010年　『子どもの一句』（ふらんす堂）

2014年　第3句集『青麗』（角川学芸出版／第3回星野立子賞）

2018年　『自註現代俳句シリーズ　髙田正子集』（俳人協会）

2022年　『黒田杏子の俳句』（深夜叢書社）

2023年　『日々季語日和』（コールサック社）
　　　　『黒田杏子俳句コレクション1　螢』『同2　月』

2024年　「青麗」創刊主宰
　　　　『黒田杏子俳句コレクション3　雛』『同4　櫻』
　　　　（1～4コールサック社）

公益社団法人俳人協会評議員、NPO法人季語と歳時記の会理事、公益社団法人日本文藝家協会会員。中日新聞俳壇選者、田中裕明賞選者、俳句甲子園審査員長ほか。

「青麗」俳句会　Mail：mail@seirei-haiku.jp
Web：https://www.seirei-haiku.jp/

青麗コレクション 1
新装版 玩具(がんぐ)・花実(かじつ)

2025 年 1 月 11 日　初版発行

著　者　　髙田正子

発行者　　鈴木　忍
発行所　　株式会社 朔(さく)出版
　　　　　〒173-0021　東京都板橋区弥生町 49-12-501
　　　　　電話　03-5926-4386　　振替　00140-0-673315
　　　　　https://saku-pub.com　　E-mail　info@saku-pub.com

装　丁　　奥村靫正・星野絢香／TSTJ
印刷製本　中央精版印刷株式会社

©Masako Takada 2025 Printed in Japan
ISBN978-4-911090-23-7　C0092　¥1800

落丁・乱丁本は小社宛にお送りください。送料小社負担にてお取替えします。
本書の無断複製（コピー・スキャン・デジタル化等）並びに無断複製物の譲渡
及び配信は、著作権法上での例外を除き禁じられています。

青麗コレクション1
新装版
玩具・花実
高田正子句集

青麗コレクション2
新装版
青麗
高田正子句集